グロリオサの祈り

岡田美幸 歌集

コールサック社

歌集　グロリオサの祈り

目次

I　妖精の子

II　たやすい仕事

III　輝石

IV　心の海賊版

歌集　グロリオサの祈り

岡田美幸

I　妖精の子

アルマジロの電話

手にすればこわれやすくてあいらしいクロワッサンはみかづきの舟

波長合う人と雑談したいなは恋愛よりも五駅は手前

我が道は独自の道と思ったらコンクリートで舗装されてる

まだ眠い休日の朝目が覚めて脳に雑用ドッグランする

水槽のメダカ全員太らせてできることから良くする未来

コレクションケースの石は無言だが里帰りしてみたいだろうか

曲水の宴のようなスピードで時は過ぎてく今を頑張る

アメーバの歩みのようにじわじわと活動してるマイペース族

水槽の鮫の気持ちが分からないざらざら肌でポーカーフェイス

不燃ごみ回収かごの電卓がこわれた8を映す八月

教科書の数文字分の歴史でもいくさの度に幾人も死す

いるか語をマスターすれば人を噛むイルカの本音聞けるだろうか

手は触手なのかもしれず触ったら気持ちが全部分かったらいい

フィンランドバスソルト入り入浴剤使ってお湯は羊水のよう

お盆前生まれてはじめて風鈴を見たという子がニュースに出てた

うっすらと小雨はじまる映画にはならないような日々も愛せよ

「ブローチは失くしちゃうから買わない」とそういう心人生にある

松山の旅館の香り和の香りあやめエキスのハンドクリーム

映画ならトイレに行くのにちょうどいいシーンみたいな今を生きてる

いつものが通じるようにしたかった喫茶に行けず店主元気か

夢に出た実在しない本屋さん脳の中には実在してる

置物に加工をされた石の中流れる時間無風の時間

香川県うどんを食べる道中で造船場の船うどん色

小豆島行きのフェリーは海面をつるつる進み青い疾走

人生の番外編で旅があり買えば良かったご当地の菓子

メモせずに虚無の彼方へ飛んでった詩になる前の詩情と私情

水色の夏の終わりを引き連れてシオカラトンボ低く離陸す

蜩がかなななななと鳴いている夏の終わりのタイマーとして

丸まってしまう夜には連絡をこちらアルマジロの電話です

ニュース見て奇跡と思う生きていていつもどおりの朝が来ること

妖精の子

車窓から散りばめられた街の灯のいくつかにある金魚の寝床

もう誰も乗らなくなった自転車が空き家の前で光る秋の夜

朝五時に旅に出かける道すがら朝焼け色のトラクター見る

傍線が書き込まれてる『女生徒』がある喫茶店さざ波の海

海底のように静かな秋の街水没ピアノの声だけがする

野良猫の集会場は駐車場車も話聞いている顔

週末は博物館に出かければ曜変天目模様の心

宇宙から見れば地球は一粒でまぶたを閉じていつでも銀河

やどかりの気持ちで探す今日買った本のサイズのブックカバーを

古本の異国の街の写真集時間も場所も違う地球で

妖精の子が氷嚢に描いてあり冷凍室に仕舞ってごめん

ひよこ色毛布にふっと包まれて考え事の放牧をする

さやさやと木の葉に当たる秋雨のうれしいようなかなしみの音

木箱入り硯を買って乗車するコトコトと鳴る硯と電車

日常は大波小波変化してシーグラスめく光を探す

芽

ひまわりの芽が出て祖母の容態が急変をしたただ晴れた朝

緊急の待合室で立ち尽くし時の途方も無さに埋もれる

目の前の祖母を救えぬ無力さが喉から胸へ転がり落ちる

助からぬ命見捨てず全力の救命処置を救急隊は

生前に延命治療拒否の意思示した祖母の眠るような死

母の日に鮮血のごと灯る薔薇主をなくした家の花壇に

好物の牛丼は食べうどんだけ残した祖母の最期の夕餉

食べかけのチョコが残った冷蔵庫遺品整理は見ないふりして

祖母の腕に似た樹皮をもつ新緑のポプラ並木を早足に過ぐ

目が覚めて私は人と思い出す出勤しないといけない朝に

図書館は休館中も磨かれて人通りなき廊下は光る

明日からの暮らしを思い新聞を捲りインクで指が汚れる

休日の朝つい早く目が覚めて今日も正しく空腹になる

立ったまま待つことに慣れオーブンの予熱終わりのアラームが鳴る

ぬばたまの思考の海に溺れないよう遠泳のごと歌を詠む

加湿器の吐き出す煙すぐ消えて空しい夜は機械にあるか

噛むように書き残す日々3センチ開けた窓から吹く風の色

寝台列車で行こう

新しい音を拾いに旅に出る飛花それぞれに光湛えて

回送の新幹線とすれ違う寝台列車まだ旅序盤

満月の都会を縫って寝台の列車は進む龍の如くに

寝台の枕の固さ旅枕つるつる進むサンライズ出雲

特急が通り抜けゆくキラキラのマンション群の暮らしの灯たち

駅夜も光ったままで息をすることも忘れるだろう東京

水槽のように潤んだ光撒き在来線の車両の余白

ゆるゆると寝台列車で横になり線路の上を体が滑る

寝台は体置き場と思うほど寝台列車のベッドは硬い

目が覚めて寝台列車の外を見る知らない町の光を進む

春霞出づる出雲の山々よこれなら神もどこかにいそう

雨上がり風は殊更清められ出雲大社の絵馬にお願い

山と海妖怪像が立ち並ぶ境港に良い風が吹く

山々は借景足立美術館枯山水の庭晴れ渡る

日本画の童はずっと子のままで羨ましくもかなしくもある

岡山へ特急やくもに乗りながら旅の空へと題詠送る

日常と家路に向かい白い矢の新幹線は加速していく

Ⅱ　たやすい仕事

柏餅製造班

二度とない人生少し消費して生産ラインにお餅を乗せる

人面のような餅だが気付かれず次工程にて葉にくるまれた

柏餅製造班のベテランがラインを止めて絶叫している

草餅の廃棄の山がぼてぼてと鬼に転生しそうなゴミだ

機械から出て来た餅にてきぱきとインド女性がきな粉をまぶす

流し場で柏餅用葉洗いは「サウナみたい」とベトナム女性

工場の休憩室に異国語が飛び休憩が市場の活気

どうしたら社員に怒られないのかを教えてくれたパートさんたち

工場で中国人の奥さんがくれたみかんの飴玉

紙ラジオ

紙上でラジオをやってみたいのでこのスペースで詠んでみますね

ペンネーム屋上さんのお便りは「予想と違う大人になった」

プリキュアになれなかったが憧れのパン屋でバイト2週間した

もし仕事辞めたら私どうしたらいい　公園の鳩「でぽっぽ」

文脈にノイズが多いラジオだな次回はあるか生きてればある

銀翼

つま先を鳴らすとんとん東京で変わるスイッチ見つけたくって

はちみつのハンドクリームかかとにもこっそり塗ってさあ出勤だ

図書館の威を借る小市民ですが仕事に誇りを持っております

対岸へクロールをする感覚で静かにこなす書類のチェック

昼休み池の周りで旋回をする鳩の群れお疲れ様です

お弁当ごはんに混ぜたわかめたち食べて体の海へと戻す

銀翼のエスカレーターの背に乗って向かう未来でなくて飲み会

重すぎる愚痴を聞かされこめかみのリセットボタンを強めに押した

遠回りして帰ります回遊をする飲み会の群れを離れて

人工の喜怒哀楽を飲み込めずゆっくり湯舟につかって溶かす

アマゾネスっぽく

地下鉄が潜り込んだら目を瞑るそれまであふるるばかりの光

パッヘルベルカノンのサビになる前に職場に着いてしまう雨の日

ぬばたまのお仕事マシンだ月曜は馬車馬モードで書類をかたす

お仕事で疲れているのは分かるけどＥｎｔｅｒキーを殴らなくても

新人に注意をするとパワハラで多様性だと思えとのこと

後輩が泣き出し早退した後の残り作業は任せておいて

研修の時点で辞めた人たちの今を想像して過ごす昼

後輩にハートが強いと言われたがそれならみんな超合金だ

嗚呼時給タイムカードを押す時は無意識だよね夕焼け小焼け

恐竜の絵本注文してあるし嫌なこと全部踏んでもらおう

ファンタジー多めに詠むが忘れない明日のシフトと親の介護は

漫画家になりたかったと言う我を無為の瞳でメダカは見てる

昼休み黙っていればよかったなばいきんまんの抱き枕の夜

恋よりも仕事が大事と言い張ってアマゾネスっぽく夏は終わった

人生多発地帯

会社という組織の末端神経で冷え性なのにアイスを食べる

この場では黙って時をやり過ごす自分のキャラの品質管理

辞める子に転職相談されがちでご安全にと言う他にない

生存に関係のない不運ならスパイス程度に思いたい昼

生きている実感のため昼食のねじり菓子パンゆっくり食べる

「キミの本買うよ」と言ってから辞めたパンクなあの娘の手首の傷よ

仕事場は人生多発地帯かも残るも去るも揺らぐな私

裏口へ外の空気を吸いに行く私は何と戦っている

「稼働率」言いたいことは分かるけど働く人に使う言葉か

現実は誰の箱庭この手には有給休暇申請用紙

ぼんやりとした未来より心配な来月のシフト編成である

社会から見たら玩具かわたくしは短歌をつくり生きていく日々

生きるって言いきる足がもつれても地下鉄を出た地上に光

たやすい仕事

折り紙のメダルもらえるくらいには頑張ってると思う平日

「仕事って簡単ですか」と新人に問われ　たやすい仕事はあるか

今のうち甘やかされておくといい甘やかす番いずれ来るから

大福の粉が降ります私しかいない休憩室のテーブル

まだ脳にこびりついてるスーパーのおつとめ品の薔薇が綺麗で

ポケットの中には安い缶コーヒー許しのようにぬくもり放つ

聖歌隊みたく役割分担で職場年末仕事片付く

給料がちょっぴり上がり祝杯の乳酸菌も共に喜べ

父曰く仕事に悩む娘には「のんきに生きる人が勝ちだよ」

ゲーマーは「Ｃｏｎｔｉｎｕｅ！」ってひとりごち通勤定期の更新をする

人間になると約束した朝のタイムカードは丁寧に押す

Ⅲ　輝石

振り子時計

霧雨にふんわりかすむ摩天楼息をしている建物と人

交差点人も想いも混ざり合い黒と茶色のまだらとなりぬ

階段の手すりを摑む現実の手触りがしてひどくつめたい

鍵盤を叩いてた手でキーボード叩いて連絡くれる友達

夢だったピアノを捨てた友人が解体作業の手順を語る

喫茶店の振り子時計がちくちくと音で時間を縫い上げていく

喫茶店2階から見た新しいバスの天井まだ豆腐色

観覧車から見渡した東京は地の終わりまで続いて見えた

義務的にふる雨滑る傘の肌地面以外の行き先あげる

傘ささずソフトクリームを食べ歩く雨も一緒に食べつつ歩く

こわいものすべて寝かせておいたから青信号を辿って帰る

でたらめに今を歌ったこんな夜はだれかに覚えていてほしくって

月曜の朝まで遠い月面のような眠れぬ日曜の夜

神様の気持ち

ほんのりと小雨降る朝文豪のゴシップ本がちょっぴりほしい

春の雨すっきりしない日に食べる火の形したドラゴンフルーツ

キーボードたたいた指でミモザにはやさしいつもり花瓶に立てる

親指でフィギュアの頭を撫でる時何様なんだろうか私は

ハッシュタグだらけの街の公園で一休みする移動図書館

鳥籠をつつき続ける鳥のごとスマホのゲーム画面を連打

神様の気持ちになってみたくなりGoogle Earthで見たチャリ置場

充電の切れかけているスマホ持つわたしは何とつながりたいか

空白の作業リストを埋めるため明日やろうを降り積もらせる

Ｓｅｋａ・iにはａ・iが含まれそれが愛ならいいなって春夜明け前

今心音量を上げる地球には確かなものを探しに来たの

春風を吸い込み海を想像し夏風にしてふうと吐き出す

さみしさですぐにスマホを触る手で玉ねぎを切る春生きていく

鬼灯のふり

辛いことあった時にはベランダで雲に名前を付けつつ休む

擦過傷みたいな噂空耳で聞こえちゃったら鬼灯のふり

はつなつのせつなのゆめに溶けていくライチアイスはすろーもーしょん

わたしだけ溶けるアイスが早送り　夢を見るには十分すぎた

耳たぶがくすぐったいな水笛の鳥がぴろろろろって鳴いてる

神様にもらった心に雑草が茂って咲いて夏の中庭

爪とぎで外の簾が揺れている野良猫多発地帯の夏よ

ひとつでも汚い花火はないかなと見つめていたが不発も奇麗

降り続く影のない雨窓に似たスマホ画面に兆す水嵩
ひっそりと日帰り旅に出かければぷかぷか浮世の波間が見える
思い出す涙の匂い瀬戸内の海を雨粒たちが叩けば

晴れた海乗馬体験一団は過ぎ砂浜に深い足跡

日帰りの旅の話をしなくとも海の匂いが残るサンダル

水のない花瓶造花の向日葵は夏のほとりにずっと咲いてる

輝石

人よりも長生きしている盆栽が寝言のような小花をつける

明るさが読書向きです日曜日雲のじゅうたん敷き詰めた空

山積みの本から探す今日分の希望を保つ為の一言

文豪の名著を読んで都合良い名言だけをノートに写す

10本で１００円だったボールペンたまにインクをペッと吐き出す

曇り空　缶のエナジードリンクは電池に似てて味はしびれる

たましいの焦げる音だと思いつつ遠くの蝉の鳴き声を聞く

ヒョウ柄のバニーガールが住んでいるあのアパートに届け潮風

海を見に行きたい今も今までもテトラポッドはすり減っている

真っ当に生きると誓う夕飯のパスタの上のシラスの群れに

パール色ネイルを塗って乾くまで考え事を宙に並べる

透明な救急箱で爪切りが三日月の子を吐き出している

通販で鉱物を買う本当は自分が輝石になりたい夜更け

眠れない夜は化石を掘るごとくノートに書くと頭痛が止まる

二歩戻る

二歩戻るビルの間をのびている飛行機雲を今見たくって

ケータイの料金プランの見直しに行かず動物園で昼食

スカートのひっつき虫も連れていく電車に乗ってもっと遠くへ

透明なコップの中のコーヒーが秋の陽ざしに色を与える

演奏の度に命は吹き込まれアコーディオンの蛇腹は生きる

「生きよ」って甘い声する焼きたての安納芋の横たわる皿

美少女の甘い短歌を味わった短歌はおやつに入らないから

「みんな生き急いでいる」と苦笑する女友達リモート仙人

ベランダでペンキぬりたての心とネイルを乾かすそんな夜です

ごはんあと眠気とマイムマイムするそのまま丸くなってお休み

こんな夜は未生以前の川底で尾頭付きの願いになるよ

母の梅干し

春咲きのパンジーの苗植えたなら土のぬくもる冬のはじまり

冬の息メガネ曇って街灯が虹はれーしょん生存に不利

季節ごと整体院の飾り付け変わる私は変われているか

網膜を焼くほど光る駅前のイルミネーション正しさのよう

夕飯の準備をする音トントントンと時間を細かく切り分ける音

旧暦の話題となると祖母の目の奥に小さな光が灯る

手作りの母の梅干し酸っぱさが年々増して人生の味

父が父になる前の写真を見たことがなくて見ようか迷ってしまう

作業着の父がスーツを着ている日選ばなかった方の未来だ

ガムを噛みながら入浴する夜に心の声が煮凝りになる

笑顔欲しくて

新しい朝の雪降る輪郭がわたしの形忘れるくらい

ミジンコのおしりのように跳ねている寝ぐせがあって今日は中吉

窓の外見れば雀と目が合って雀の方が首を傾げる

知らなくていいこともありどちらでもいいこともあり冬の静けさ

散歩するビーグル犬のニット服フードが揺れる無駄はかわいい

美術館展示の壺の内側にしんしん積もる静かな時間

温かい紅茶がレモンに染みる昼アナログ時計の針のけいれん

重力を忘れたように飛ぶ鳥の翼のようだ本を開けば

吐く息が白い時ほどよくなじむコートの中身としてうれしい

銀河柄レターセットに書くような言葉とペンを探す休日

その笑顔欲しくて雑誌買いましたカバーガールズカバーボーイズ

タラバガニ食べた後ではさらばガニ生きてるだけで愉快犯です

人生に期待しすぎてしまう夜ホットココアを濃いめに作る

Ⅳ　心の海賊版

ドーナツの穴

ハイタッチしたそうな人がやってきてお辞儀をしたらかわしてしまう

ハイタッチした手がゆんゆんしたままでぐにっと握る吊革の○

いつの間にレースの服にあいた穴きっとさびしいからだと思う

お守りに使えるサメの歯の化石退屈だから心嚙んでよ

新品の服を花瓶と言うために一旦花になってもよいか

冷蔵庫の心があると思われる位置に松坂牛をしまった

予定表真っ白なのは嫌だから嘘を書いとけ天使とダンス

式神の卵のようにドロップの缶から落下する薄荷味

ふと夜にガムを噛みつつその暗い長い時間を練り込んでいる

本棚をのたうち回る文章がインクに戻り零れる深夜

昨晩のドーナツの穴胃にあるがゆうえんち行き専用の朝

お痒い心

釈然とせぬまま君は頷いたビニール傘が折れる角度で

エンドレス・パーティーらしき飲み会も終わり電車の胃の中にいる

まな板の上の鯵《あじ》だが一応は暴れておこうみたいな自分

哲学書自己啓発本探してる　心の筋肉痛の癒しを

生きるのにいつから勇気が要るようになったんだろう掌に蝉

射的屋の二段目にいるぼろぼろのあのぬいぐるみ売ってください

ファミレスのおもちゃ売り場にまだあるか黒飴みたいな目のぬいぐるみ

時積り伸びた髪の毛切りに行く「お痒い心ございませんか」

シャンプーは強めと頼みベテランの美容師の手は龍の手となる

夕焼けを画鋲で固定したかった　時は流れてそわそわソワレ

くすみ色ベージュの薔薇を愛でる夜無邪気に幸せ信じられずに

私の手誰かのためにも使う日もあるからちゃんとクリームを塗る

目薬とハンドクリーム減っていき日々の確かさ軽くなりゆく

明日から六十兆個の細胞のＣＥＯとして食事する

心の海賊版

ぬいぐるみみたいな犬に微笑んだうまく笑えているか教えて

息のたび心と言葉は絡まって蛇口の緩んだ泣き方をする

人体の60パーセントは水だからよどんでしまうこともあるよね

その場では理解できずにいた言葉アンダースローで心に落ちる

たくさんの心当たりがぶつかってカチカチ音を立てております

水と雪違うが同じ材料で良い子は都合良い子ってイミ

両肩に見えない雪は降りつもる言葉忘れた代償として

糸電話よしなしごとを話す時たわんでしまう糸そして意図

「究極に願ってない」と指摘され噛みしめているクマ型のグミ

安全に暮らしたいのにたまに出るティラノサウルスレベルの怒り

パペットに食べさせておく言わなくていいこと言わぬまじないとして

折れてない心ではなく折れていて2本に見えるだけのことです

不完全安全地帯の窓辺から聞こえる鳩のやわき睦言

ねえ未来やり場に困るいきどおり時間のどこに置いてけばいい

語るべき言葉は無くてまだ白いノートをめくる風速がある
「プレタポルテなのよさ」ってほら呟けば言葉は心の海賊版だ

びばほおむ

ぱろりん！と髪をほどいて部屋を見る思ってたのと違う未来だ

変わらない日々がないのは知っているドールハウスにほこりが積もる

潜水艦思い出号にありったけ乗せて沈めた花だったもの

自分用オーダーメイドの人生に外注案件増えてきました

喜びと悲しみを足し合わせたら無になり新たな感情を知る

変容の時はかしましミッフィーの口デザインのマスクして待つ

胸中に住みついている夢たちを雨に溶かして軽くしておく

書きかけの日々は地続き　送らない手紙の続き日記に書いた

いいのかも私は私の生き方で橋を半分渡って戻る

せっかくの一度しかない人生を他人《ひと》の理想に生きたりしない

ふねんかねん記憶仕分けて捨てていく新しい風呼び込みたくて

毎日は開けてみるまで分からない鈴カステラを鳴らしたい朝

びばほおむ見つけてくれてありがとう双子みたいな水草ゆれる

諦めと希望がマーブル模様成す　新しい靴買いに行こうか

わたしの正解

生きることイコール願いだったころ冬まで長生きしたカブトムシ

願いより軽くおねがいより重い静かな朝にたまご蒸しぱん

ポイントで買ったカヌレを食べる時中身は数字いいえしっとり

ごめんなさい商品経済。私では商品として不適でござる

日本人農耕民族とのことで生きる宇宙の米粒として

正円になれないけれど丸まって背中から芽が生えてこんかな

ぜんまいのおもちゃとことこ行くあてはないよ旅行の目的は旅

旅をして心を開く鍵を得る自分育成ＲＰＧ

新しい駅へと生まれ変われたらカノンを発車メロディーにする

「はくたか」の「つばさ」「かがやき」「こだま」する「こまち」の「のぞみ」「Maxとき」めけ

今という点を繋いで線にして自分の輪郭作る生活

いくつもの未来の中を歩きたい季節の名前を付けた子供と

見送るよ　わたしが進む道だからわたしがわたしの正解になる

命とは世界への呼びかけだから伝わるように咲け言葉たち

ピエロの吐息

祝祭の空を埋めたる風船の中身は全てピエロの吐息

もし駅に愚痴のごみ箱があったらあっという間に溢れてしまう

よどみあわい車は走る箱であり思考は交通整理しないと

ジャイアントコーン半額クーポンをくれるアプリの不意のやさしさ

ものすごくお腹が減っている人に0カロリーのゼリーを渡す

諦めに勝ちたい方へ花札の小野道風と蛙の話

ガムとその包み紙だよセットだよ好きと嫌いという感情は

絶望も希望も無料それならばコスパに優れた方を選ぶよ

ぜんまいの蟬人生が何回もあると大変一回でいい

手のひらに原色のグミ　おろ、おろ、と吾も他人も謎多きゆめ

日替わりの世界の中でホチキスの針外し器は指紋だらけだ

パーキングエリアで休む加速度を求めなさいと言われていても

永遠は手塚治虫の火の鳥のまつ毛にあって手のひらにない

箱眼鏡越しに社会を見ていても自分の中に熱源はある

シロクマの形しているキャンドルにためらわず火を点けられますか

君だけの仮想味方の一匹にコアラのマーチ最後尾の子

たい焼きの型にはまった笑顔でも誰かをきっと笑顔にできる

密造首

ポエジーと時間を短歌に置き換えて言葉は細胞分裂をする

未記入の原稿は海しろいうみ鯨が来たら文字を噴き出す

階段を登るリズムで歌を詠む　カラスが空とじゃれて飛ぶ朝

ひとひねりもうひとひねりと考えて原形無くし雑巾になる

このネタは前にも詠んだ我が脳は回転寿司と仕組みが同じ

マヂカルを上五《かみご》にしようと思う日は疲れているな有給を取る

人力でメリーゴーラウンド回すかのように詠んでるスランプの夜

罪重ねいや積み重ね寝る前に詠んだ短歌を朝に見返す

もし歌が翼であればストレスがひどい時にはわしゃわしゃ毟る

くるしさのるの○に手を突っ込んでゴソゴソぷるんと歌を取り出す

不確かな歌しか歌えない時期は未発表密造首が増える

よそゆきの言葉遣いで歌ってもお出汁のようにしみだす自分

何が詩でどの辺からが常識か分からず春の雨をただ聴く

永遠の反対側で地面から宙吊りだから言葉を紡ぐ

踊れ魂

好きなこと単純作業嫌なこと感情労働だが歌は詠む

自室にて歌をノートに書く時はタイニーサーカステントの主《あるじ》

入力でEnterキーを押す度にDeleteキーがこっちを見てる

液晶の投稿窓に入力し送信を押すまでの静かさ

送らずにやめたメールのメッセージ消し去る時の指のざわめき

ありのまま喜ぶことが下手だから歌で全力ハイタッチ、ゆん！

こんなにもポエムしていてだいじょぶかたまごぼうろを分け合っている

天籟の調律師たちおのおのに詩歌持ち寄る同人冊子

願わくは好きな花しか咲いてない楽園に似た本作りたい

全身を書物の中に投げ打って本一冊になりたいのです

「読んでみて良かったよ」って言われたい「あっ虹だ」には敵わないけど

翼竜のようにからだをかるくしてつばさをつけた歌とんでゆけ

地上波がオンエアならば出版はオンペーパーか踊れ魂

V　グロリオサの祈り

屋上エデン

ラフレシアみたく真っ赤で満開の花丸を書く理科の先生

学校のチャイムの音は生徒らの脱走防止の音と思った

少年は気付いてしまう標識が花で見えなくなっていること

限りある体と時間それなのに可能性なら無限って謎

難しい文字がくすぐり合っていて小論文の単語が笑う

図書室の本棚の間《ま》で「お前ってクラゲに似てる」と女子に言われた

買ってから視聴覚室のカーテンに似てると思う黒いスカート

人様を上手に好きになれなくて影絵の影でない場所を見た

青空に試験放送あの雲を名付けた途端形が変わる

教室に優しい人もちゃんといた助けられるのも下手だ私は

階段で本音を全部聞かせてよ非常口ならちゃんとあるから

イカロスの翼のようだ教室で開いた本で飛んでいけそう

雨降りの屋上エデンさようならリンゴみたいに短歌を抱いて

心の鰓

占いが最悪な日も目の前に鯨模様のネクタイのひと

アルビノのザトウクジラのようだった光が焼いたYシャツの背は

砂浜のキラキラ粒が生きていた頃なんだったか君と当てっこ

寂しさを優しい言葉で包むことすなわち君に会いに行くこと

夕焼けは優れた無料コンテンツひとりで見てもふたりで見ても

唇をぶつけた後にコンビニへデートムービーじみたお散歩

錆び付いた色をしている月よりも綺麗な色でキャラメリゼして

アイス2個買ってくるねと言われ待つコアラのおしりばかり見ながら

優しさに溺れ窒息しないよう心の鰓で呼吸している

飽きられる前に桜は散れるから賢いと言う我はパンジー

不器用な私のことを恐竜の一種だったと思ってほしい

ぶらんこのゆめ

あなたとは恐竜展に行きません　ひとつの恋が絶滅した日

さみしさの周波数だけ似てるから嫌いになりたくないと思った

瓶詰めの手紙を運ぶ波のよう電車は私の体を運ぶ

待つふりをしてたら溶ける無果汁のメロンクリームソーダのアイス

スマホしか触れぬままに終電で「キカイニナリタイ」飲むライチ水

これは恋とは言えなくて揺れたまま止まれなくなったぶらんこのゆめ

おなじ人わたしはずっと愛せるか分度器くらい使えなくても

初恋の人

初恋の人は鯨に似ていたと思う深海みたいな深夜

都合よくわたしのことを忘れてよオフシーズンのプールみたいに

色変わりキャンディーを舐め見せあって同じ色にはならなかったね

生身ではなくってアニメになったって君は私を好きにならない

かき氷味のキスしてお祭りは終わって故意に恋したままで

運命をペンチで強くねじ曲げて会えるのならばすぐに行きたい

また明日

傷のない条件ばかり並べてる恋は買い物とは違うのに
灰かぶりしたことのない君ならばラプンツェルの作戦でゆけ

自転車を飛ばしマフラーなびかせる君のラッキーアイテムは君

友人が結婚をして衛星が打ち上げされた気持ちになれり

春だからイモリとヤモリが恋をするみたいな事が起こらないかな

飼い主に恋するあまり猫又が人に化けるも「好みじゃないの」

合コンは回転寿司に似ているよ愛されたいけど貴方は違う

現実の恋はキレイなだけじゃない「餃子の中身色」をしている

また明日会いたい人がいる時のまた明日って挨拶が好き

眠る化石

雪に指で書いた手紙はもう溶けて雪とおんなじ色で咲く梅

山鳥は複雑に鳴き宝石は静かに結晶する朝である

早緑のモウセンゴケがはじめての虫を捕らえて共に喜ぶ

幸福が飛んでくるって花言葉この指とまれ胡蝶蘭たち

触覚をぴょこぴょこさせて嬉しいか成虫になりたての命よ

我が腕を木の幹として認識し舌でザリザリ削るカブトムシ

とわいろのほたるぶくろに包まれて次は光を産みたく思う

森林のそれぞれの木の葉に全て手抜きが無いという気の遠さ

羽化をする直前セミの幼虫の殻の中身はやわらかい肉

ひまわりは花瓶の中で立ちすくむ夜の深さの底を覗いて

古本のページに挟まりたがる虫ハエトリグサにも挟まるだろう

素うどんのかつおの出汁に染み出したとある魚の海一代記

弁当のカニクリームコロッケに練り込まれた蟹ごめんおいしい

お茶碗を落としてそぼろ宙に舞う鳥だった頃なぞるかのよう

恐竜のような足して公園の鳩が落ち葉を踏み歩く音

白亜紀の朝の匂いは現代と違ったでしょう眠る化石よ

プラスチックパラダイス

人間の進化は頭打ちなのか機械に進化を任せておこう

近未来ラジオ体操第七に人間性を直す運動

ゴミ拾いロボが壊れてしまったら仲間のロボは拾って捨てる

プラスチックパラダイスからでたらめな世間話を送信しあう

1円も生産しない空間が広々とあり宇宙は無敵

ペガサスのたてがみふわり綿あめの匂いがするよ資本主義だよ

ＣＭに出てくる人のそれぞれに人生があり給料がある

紙芝居屋さん続きを見せとくれ「ＹｏｕＴｕｂｅにはアップしといた」

手のひらに壺中の天がそれぞれのスマホアプリの数だけ異界

狭そうなスマホアプリの海の中休まず泳ぐマンボウのイデア

皆様のいいね！を集めてさびしさの特効薬を作りたいです

人形の本心などに比べたら人は全然健全ですよ

生きているぬいぐるみひとり造るなら中身に何を詰めたいですか

感情の闇鍋会をやりましょう具の名が全部謎のままでも

ぬいぐるみうさぎは洗濯機の中で生まれる前の海を想った

地上には天使は生きていられない標本にされてしまうのだろう

歪なるものばかりなり現実は夢とうつつのキメラであれば

グロリオサの祈り

フクロウは夜空へ深く潜りゆくその鉤爪で魚座を釣りて

剝がれないシールを貼ったその下に生まれた常夜の国に黒猫

ペガサスのしっぽが暇で揺れている存在しない神話の中で

人魚らもここまで追ってこられまいライ麦畑青いさざ波

斧なんてまた買えばいいだけだから泉の女神と話したくない

逃げ出した夢を見つけて魔女は云うトナエド　マジナエド　ツグナエド

夕焼けで涙を焼いて乾かした宇宙最初の観覧車にて

花が降る海に浮かんでもう何かなりたいなんて願わなくなる

呼ばれると光ってしまいかくれんぼかなり苦手な蛍だった子

睡蓮の蕾の中でうたたねす充電切れのスマホを持って

水色の夏の終わりが始まって金魚の森をはだしで泳ぐ

グロリオサ祈る両手の指ほどき摑みたかった言葉のあいだ

解説　ひそやかな主張とひめやかなドミナントストラテジー

依田仁美

岡田美幸さんが、日々精錬してきた短歌的資産に天与の持ち前を発動して、一巻を世に送ることとなった。この第二歌集という丹精の成果物には興味深い事実が多い。小稿では、主に制作工程について思いを巡らせつつ語るつもりである。

1

先ずは、集から迫り上がる印象深い二首を。

蜩がかなななななと鳴いている夏の終わりのタイマーとして　「アルマジロの電話」

たましいの焦げる音だと思いつつ遠くの蟬の鳴き声を聞く　「輝石」

鮮烈な提示である。蜩を「夏の終わりのタイマー」だと即座に判定する、或いは蟬の鳴き声を「たましいの焦げる音」と瞬く間に断定して留める創作反応の速さが際立つ。

さらに見ると、先の蜩の声の部分は破調である。定型の「かなかなかなと」を破棄して「かなななななと」を押し出す、このほとんど反射的な決断にも惹かれる。直感といわれる心の働きあっての修辞だが、この特質は形を変えて随所に表れる。

岡田さんの歌の魅力を一言で表現するならばそれは「圧倒」である。圧倒とは細部に捉われず一気に押し倒す事態をいう。迷うところのない押し込みがその魅力の中核である。以下こういう「作歌回路」の因ってきたるところについて考える。

本集の顕著な特色として「連射」と「遷移」がある。連射を語るために一連から引く。本集中で、もっとも集中が効いている一連を見る。

エンドレス・パーティーらしき飲み会も終わり電車の胃の中にいる　「お痒い心」

哲学書自己啓発本探してる　心の筋肉痛の癒しを　「お痒い心」

生きるのにいつから勇気が要るようになったんだろう掌に蝉　「お痒い心」

夕焼けを画鋲で固定したかった　時は流れてそわそわソワレ　「お痒い心」

前二作には「自己存在の確認」が色濃い。「自己確認」は本編中のひとつの底流である。宴果てての帰途、「電車の胃の中にいる」という捉え方、或いは書店内での「心の筋肉痛」という絞り込んだ捉え方が、それぞれ自撮りの「速写」をなしている。自己の希薄化が指摘され、内省的な歌の衰弱している当今、心地よい。速写を発表という角度から言い換えれば「速射」であり、続発すれば「連射」となる。連射は「畳みかけ」と「遷移」という成果をもたらす。かつ、前者は歌集に「力」の、後者には「技」の陰影を与える。

後二作ではこれに時間軸を加えながらさらに自己存在を見直している。「いつから」「時は流れて」と展開されるが、「時間の流れで捉え直す」ということは、「内省」に基づく自己洞察にさらに深みを加える。主題をおさえつつ展開されるこれらの微妙な遷移を、内省的な作歌動機《モチーフ》が敏感に揺り動かされ、より適切なキーワードを獲得したものとわたくしは見立てている。作者の中で機能する「作歌回路」が詩語の喚起・吸着を有効に実現するのである。或いは内省が核を得て短歌に結晶したのだと裏返しに洞察してもよい。

2

「作歌回路」の理解を促すためにここに人物像の一端を置く。

岡田さんは歌会では常に左手でメモを取り続ける。入力時の光景には熱いものがある。ペンの動きを見ていると、他者の発言と共に自身のひらめきを、随時、岡田語でいえば、画鋲で留めているのが判る。一方、出力たる発言は理路整然、複数の観点から順次になされる。短く、言いよどみの少ない練られたものとなっている。席上での他者の歌の鑑賞には自信を持って自身の言葉で表現を尽くしている。お判りであろう、少なくとも歌会という「場」では脳内に「整理システム、整理回路」を擁し、機能させているのである

3

歩をゆるめて岡田美幸の「自己の位置づけ」「自己の見立て」に立ち入る。

ひよこ色毛布にふっと包まれて考え事の放牧をする　「妖精の子」

明瞭な自画像。毛布に包まれて、自己を我が物と確保した上で、自在な発想に浸る。ここでは、「考え事」を自己から切り離された別個の生き物として見ており、それが、自由に動き、おそらくは知恵の葉を食んでいるという。この見立てこそ、正に内省の産物、自己を相対的に位置づけた、いわば詩的自我の確認といってよい。

吐く息が白い時ほどよくなじむコートの中身としてうれしい　「笑顔ほしくて」

吐く息がなじむ対象は書かれていないが、無論、自己を取り巻く周囲全般。自身を「コートの中身」と客体化して、周囲との協調関係を表出している。相対的自我の見立ては内省に端を発すること当然である。

整理して述べることを知る者は対象の外し方も心得ている。時にリミッターを切って飛躍することがある。こういう逸脱志向の歌群もスパイス効果を発揮して集を富ませる。

くるしさのるの○に手を突っ込んでゴソゴソぷるんと歌を取り出す　「密造首」

まな板の上の鯵《あじ》だが一応は暴れておこうみたいな自分　「お痒い心」

不確かな歌しか歌えない時期は未発表密造首が増える　「密造首」

何かを求めて苦闘するよう。いや、「楽闘」と呼ぼう。折に触れて自我の殻、或いは言葉の法則に爪を立て、揺さぶる。いみじくも「暴れておこう」という心境。視線の遷移、その意図は可憐ささえ添え、シャープな印象を刻む。

4
「歌作りの歌」もひとつの底流。それぞれ鋭利に彩られながらも、歌意はおどろくほど素直である。素面素顔か。親しまれやすい歌群である。

ぬばたまの思考の海に溺れないよう遠泳のごと歌を詠む　「芽」

社会から見たら玩具かわたくしは短歌をつくり生きていく日々　「人生多発地帯」

ポエジーと時間を短歌に置き換えて言葉は細胞分裂をする　「密造首」

願わくは好きな花しか咲いてない楽園に似た本作りたい　「踊れ魂」


それぞれ、健気に歌い継いでいて、歌の虫のような生真面目が横溢している。解説も不要のストレートが続く。客観的に自身を捉えつつも、時に解析を試み、さらには、切実な願望をのべている。これもまた日常の内省の産物である。

これらの歌群の頂点に立つ一首が目を引く。それは巻末に激しく騒立っている。


グロリオサ祈る両手の指ほどき摑みたかった言葉のあいだ　「グロリオサの祈り」


グロリオサは全き奇花である。草姿、花容は見事に奇抜、印象的な素材である。

形式上は「グロリオサが祈る」と読めないこともないがそうは読むまい。わたしはグロリオサに向けて祈りを捧げている。その、正にグロリオサの花容のような指をほどいて、歌の言葉では表しえなかった、歌の本質を摑み得なかったことを悔いている、という。奇花に捧げるその祈りは、見果てぬ「未完未見のわが秀歌」への祈りであろう。その願うところは、摑めないでいる言葉のあいだにある暗黙知ともいうべき「真善美」であろう。掉尾一首に託した詩精神への祈りであり、誓いである。未達への希求は美しい。

5

このように本集には、最終的に決意や誓願に至る、一貫して作歌へ突き動かしている大きな力が見える。つぶさにディテールを巡りつつも、究極的にはひとつの大きな力に支配されているのだ。思えば、細かいメモを取ることも、それを整理して並べることも、あらためて考えれば、何か強い創作の主体が駆動されているのだと整理できる。末梢を統合し司る創作の意志、創作過程の一切合切を統御し牽引する意志が強くあればこそ、岡田美幸は歌心を即座に移動させ、対象に強い衝撃を与える圧倒性を短歌に与えることができるのである。「連射」しかり、「遷移」しかり。

大学の専攻は生命理工学科という。教科課程は知る由もないけれども、十七歳にしてそういう学科を選んだ思考傾向と前述の「作歌回路」とは無縁ではあるまい。巻末に至ってあらためて顧みればはっきりと判る。あの底流にまつわるひそやかな主張の連なりが、結果的に確実にドミナントストラテジーを具現しているのであると。

解説　魂と言葉の創造的な関係性を目指す人

岡田美幸第二歌集『グロリオサの祈り』解説文

鈴木比佐雄

岡田美幸氏は二〇一九年五月に二十八歳で第一歌集『現代鳥獣戯画』を刊行した。収録された三〇〇首を超える中から、特に私は次の三首が心に刻まれていて、岡田氏の短歌の特徴やその精神性を明らかにしているように考えている。

歌う度詩たちは花火になってゆく言葉が光るところを見よう

ぼくうさぎ　さみしくないよカラフルな鳥獣戯画の中でダンスだ

生きていくことの切なさその揺らぎ　宇宙の書記として文字にする

岡田氏の短歌を論ずる場合に、この一首目では岡田氏が短歌を広い意味で詩として考えていて、言葉の表現における稼働領域が広いことが理解できる。また言葉を存在者や存在物の命の輝きを捕まえるものとして、「言葉が光る」瞬間に見入ってしまう精神性が感受できる。二首目は、タイトル『現代鳥獣戯画』に繋がっていった「カラフルな鳥獣戯画」という言葉が入っていて、岡田氏は、自らが歌集の装画に望んだ、巨大なうさぎに孤独な少女が寄り添う独特な画風のもの久保氏の絵画に、親密感を抱き癒しを感じている。そして些細な差異で差別や序列をしたがる人間社会と接しなくとも「さみしくなく」、動植物などとの関係性を優先する感受性や直観を大切にしてきたのだろう。三首目ではこの世界に存在していることは、奇跡のようなことだと認識している。そのために「生きていくことの切なさ」と「その揺らぎ」を根底において、岡田氏は若くして自らを「宇宙の書記」と自覚してしまったのかも知れない。そして宇宙における多様な存在者たちの在り方を記していきたいと、第一歌集『現代鳥獣戯画』を刊行したのだろう。また「あとがき」では、祖父が大工の職人だったこともあり、「祖父が遺した家に自分の本が置いてある。それは時空を超えた合作ではないでしょうか」と、その祖父母の世代への感謝と畏敬を込めて、「時空を超えた合作」を目指す出版の純粋な志を書き記している。

四年後に刊行された第二歌集『グロリオサの祈り』は、五章に分けられて四五〇首以上が収録されている。Ⅰ章「妖精の子」は「アルマジロの電話」「妖精の子」「芽」「新しい音」の四つに分かれている。それぞれの代表的な短歌を引用する。

丸まってしまう夜には連絡をこちらアルマジロの電話です
妖精の子が氷嚢に描いてあり冷凍室に仕舞ってごめん
好物の牛丼は食べうどんだけ残した祖母の最期の夕餉
新しい音を拾いに旅に出る飛花それぞれに光湛えて

一首目では、アルマジロは甲羅をまとい敵と遭遇すると丸まってしまうそうだが、岡田氏も社会で様々な敵と合い、アルマジロのような敵の攻撃を無力化する存在になりたいと願ったのだろう。丸まって敵から身を守るという類似による隠喩である「アルマジロ」を「アルマジロの電話」と記すことによって、創造的な隠喩として提示するのだ。二首目では、「妖精の子」のキャラクターにも愛着を抱くと、冷凍にすることにためらいを覚えるほど暖かい場所で優しくしたいと願ったのだろう。三首では、大工の祖父の妻であった祖母の生き方に、岡田氏は畏敬の念を覚えて、生きることの意味を学んでいてそこに繋がりたいと願っていることが理解できる。延命治療を拒否して祖母は、好物の牛丼を「最後の夕餉」にして旅立っていった。四首目では、旅に出るとはその土地の景色を見るという思いが強いが、岡田氏は「新しい音を拾いに旅に出る」と言う。様々な地域文化の暮らしの在りかを音で感じようとするのだろう。

Ⅱ章「たやすい仕事」は、「柏餅製造班」「紙ラジオ」「銀翼」「アマゾネスっぽく」「人生多発地帯」「たやすい仕事」の六つに分かれている。代表的な短歌を引用する。

機械から出て来た餅にてきぱきとインド女性がきな粉をまぶす
プリキュアになれなかったが憧れのパン屋でバイト2週間した
銀翼のエスカレーターの背に乗って向かう未来でなくて飲み会

後輩にハートが強いと言われたがそれならみんな超合金だ

「稼働率」言いたいことは分かるけど働く人に使う言葉か

「仕事って簡単ですか」と新人に問われ　たやすい仕事はあるか

職場では経済効率を極限まで上げるために、物作りの過程で非人間的な扱いをされることがある。コンビニで購入するきな粉餅や柏餅がどのように作られるかを、インド女性の働きに驚嘆したことを岡田氏は記し、その休憩室は異国語が飛びかうのだ。少女時代の憧れのアニメキャラクター「プリキュア」になれなかったが、もう一つの憧れのパン屋でのバイトは夢を実現できたのだ。銀翼に乗って理想に近付くまでに「飲み会」の誘惑に乗る日もある。人への畏敬の念がない言葉「稼働率」や仕事へのプライドのない「簡単な仕事」という言葉へ岡田氏は怒りを感じ、啖呵を切るような短歌が生まれている。

Ⅲ章「輝石」は、「振り子時計」「神様の気持ち」「鬼灯のふり」「輝石」「一歩戻る」「母の梅干し」「笑顔欲しくて」の七つに分かれている。その中から五首を引用する。

喫茶店の振り子時計がちくちくと音で時間を縫い上げていく

今心音量を上げる地球には確かなものを探しに来たの

通販で鉱物を買う本当は自分が輝石になりたい夜更け

ごはんあと眠気とマイムマイムするそのまま丸くなってお休み

美術館展示の壺の内側にしんしん積もる静かな時間

岡田氏は日常的な暮らしを記した短歌も多いが、機械的な「振り子時計」のような時間に慣らされていくことに危機意識を持っているようだ。そんな物理的な時間を解き放つにはフォークダンスの「マイムマイム」の曲が想起され、身を守ろうとするのかも知れない。宇宙や鉱物から問われ、本来的な「しんしん積もる静かな時間」を見出して、それを短歌の中に閉じ込めようとしている。

Ⅳ章「心の海賊版」は、「ドーナツの穴」「お痒い心」「心の海賊版」「びばほおむ」「わたしの正解」「ピエロの吐息」「密造首」「踊れ魂」の八つに分かれている。その中から四首ほど紹介したい。

哲学書自己啓発本探してる　心の筋肉痛の癒しを

「プレタポルテなのよさ」ってほら呟けば言葉は心の海賊版だ

手のひらに原色のグミ　おろ、おろ、と吾も他人も謎多きゆめ

願わくは好きな花しか咲いてない楽園に似た本作りたい

岡田氏は心や精神と人間の作り出した事物から、新しい比喩を生み出してしまう。例えば「心の筋肉痛」、「心の海賊版」、「謎多きゆめ」、「楽園に似た本」などのように、言葉が未知の存在物を喚起させる機能を駆使し、比喩に新しい意味や価値を付加して、短歌を詠

み上げようと試みている。その挑戦していく姿勢はとても清々しい。
最後のV章「グロリオサの祈り」は、「屋上エデン」「心の鰓」「ぶらんこのゆめ」「初恋の人」「また明日」「眠る化石」「プラスチックパラダイス」「グロリオサの祈り」の八つに分けられている。五首ほど引用したい。

優しさに溺れ窒息しないよう心の鰓で呼吸している

さみしさの周波数だけ似てるから嫌いになりたくないと思った

運命をペンチで強くねじ曲げて会えるのならばすぐに行きたい

また明日会いたい人がいる時のまた明日って挨拶が好き

グロリオサ祈る両手の指ほどき摑みたかった言葉のあいだ

岡田氏の言葉のレトリックは、どこか心の深層を曝け出そうとして、例えば「心の鰓」、「さみしさの周波数」、「言葉のあいだ」などのような魂と言葉の創造的な関係性を目指し、創造的な比喩の世界に転換させられる。それらは「グロリオサ」の花や「謎多きゆめ」のような魅力的な存在の在り方を暗示し続けるのだろう。彼岸花に形が類似した「グロリオサ」の花言葉は「情熱」だそうだ。その細い指を祈りのように内側に曲げた五枚の花弁を解《ほど》いてしまいたいと願う。そんな「情熱」を宿した自由な指先によって岡田氏は「言葉のあいだ」を駆け巡って、独自な創造的な言葉世界を奏で詠い続けていくのだろう。

あとがき

第一歌集と第二歌集の間の四年間で歌集の内容に変化がありました。「本を上梓するなら読者が楽しめるように面白くしたい」という想いは変わりませんが、その一方で変わりゆく自分がいました。

二十八歳の時の第一歌集は内容が空想寄りで、好きな物事のパッチワークの側面が強く、「閉じた世界」でありながらも前向きな青春の記念碑だったと思います。

三十二歳の時の第二歌集は内容が現実寄りで、現実の出来事を踏まえた「内省のセルフポートレート」の側面が強いように思いました。社会詠と生活詠が増えたように思います。

そこから考えられる変化は「閉鎖」から、現実を見て社会と折り合いをつけて生きる「和解」へ軸足が移りつつあるという気付きです。それは第二歌集のタイトルの『グロリオサの祈り』に通じるかと思います。

この変化は、多くの方々にご協力頂き第二歌集を上梓することが出来たからこそ気付くことが出来ました。岡目八目という言葉もあり、それほど「自己の客観視」は難しいことだと再認識しました。

そして短歌界という大河の中で、自分はそのうちの一滴にすぎないのですから、これからも謙虚に、そして地道に短歌を詠みたいと思います。

「現代短歌舟の会」の主宰の依田仁美様、そして舟の会のメンバー、私に短歌を教えて下さった高校時代からの恩師の福田淑子様、ペンネーム「屋上エデン」で参加させて頂いている「歌人集団かばん」の皆様にこの場でお礼を申し上げます。ありがとうございます。

第一歌集同様、コールサック社の鈴木比佐雄代表と編集者の座馬寛彦様、コールサック社の社員様方にご尽力頂きました。段ボール数箱でお送りしました、歌壇掲載作、賞の入選や佳作の詠草、月刊誌や季刊誌、会誌などの数年分の大量の資料をこのように本の形に編集して頂きありがとうございます。

この本をお読み頂いた方も、お読み頂きありがとうございました。少しでもお楽しみ頂ければ幸甚です。

二〇二三年　晴れた晩夏の昼に

岡田美幸

著者略歴
岡田美幸（おかだ　みゆき）

1991 年 4 月 23 日埼玉県生まれ
東京電機大学理工学部生命理工学科卒業
「歌人集団 かばんの会」「現代短歌 舟の会」所属
2019 年　第 6 回近藤芳美賞選者賞（岡井隆選）
　　　　第 1 歌集『現代鳥獣戯画』刊行
2023 年　第 10 回近藤芳美賞奨励賞（佐伯裕子選）
　　　　第 35 回船橋市文学賞・短歌部門大賞
　　　　第 2 歌集『グロリオサの祈り』刊行
E-mail: okuzyouedenn@hotmail.co.jp
X（旧 Twitter）: okuzyouedenn25
現住所 : 〒 353-0004　埼玉県志木市本町 3-7-27

歌集　グロリオサの祈り

2023 年 10 月 12 日初版発行
著者　　岡田美幸
編集　　座馬寛彦　鈴木比佐雄
発行者　鈴木比佐雄
発行所　株式会社 コールサック社
〒 173-0004　東京都板橋区板橋 2-63-4-209
電話 03-5944-3258　FAX 03-5944-3238
suzuki@coal-sack.com　http://www.coal-sack.com
郵便振替　00180-4-741802
印刷管理　（株）コールサック社　製作部

＊装丁　松本菜央

落丁本・乱丁本はお取り替えいたします。
ISBN978-4-86435-584-1　C0092　¥1600E